幼兒全語文 階梯故事 系列

迷路了

袁妙霞 著
野人 繪

園丁文化

小綿羊迷路了，象叔叔決定帶他回家。
小綿羊說：「我家就在小河邊。」

象叔叔帶小綿羊去找。
但是，小河邊有很多房子啊！

小綿羊説：「我家的房子是紅色的。」

象叔叔再帶小綿羊去找。
但是，小河邊有很多紅色的房子啊！

小綿羊說：「我家的窗是圓形的。」

象叔叔繼續帶小綿羊去找。

河邊只有一所紅色的房子，窗是圓形
的。象叔叔終於把小綿羊送回家了！

導讀活動

 提問

進行方法：
❶ 讀故事前，請伴讀者把故事先看一遍。
❷ 引導孩子觀察圖畫，透過提問和孩子本身的生活經驗，幫助孩子猜測故事的發展和結局。
❸ 利用重複句式的特點，引導孩子閱讀故事及猜測情節。如有需要，伴讀者可以給予協助。
❹ 最後，請孩子把故事從頭到尾讀一遍。

 封面
1. 圖中的小綿羊為什麼哭呢？
   請猜猜看。
2. 請把書名讀一遍。

 P2
1. 小綿羊迷路了，誰來幫助他呢？
2. 小綿羊告訴象叔叔，他家住在哪裏呢？

 P3
1. 象叔叔把小綿羊帶到哪裏？他找到小綿羊的家了嗎？
2. 象叔叔來到河邊，為什麼還找不到小綿羊的家呢？

 P4
1. 小綿羊告訴象叔叔，他家的房子有什麼特徵？
2. 你猜象叔叔會怎樣做？

 P5
1. 你猜對了嗎？象叔叔找到紅色的房子了嗎？
2. 為什麼象叔叔還是沒找到小綿羊的家呢？

 P6
1. 小綿羊又告訴象叔叔，他家的房子有什麼特徵？
2. 你猜象叔叔會怎樣做？

 P7
1. 象叔叔帶小綿羊找什麼樣的房子？圖中有這樣的房子嗎？
   象叔叔能找到小綿羊的家嗎？
2. 誰站在圓形的窗前張望？你猜她是誰呢？

P8
1. 你猜對了嗎？象叔叔成功把小綿羊送回家嗎？
2. 圖中小綿羊擁着的是誰呢？你猜他會對象叔叔說什麼呢？

說多一點點

 幫助我們的人

警察維持秩序。

消防員拯救有危險的人。

醫生救治病人。

郵差送遞郵件及包裹。

字卡

❶ 把字卡全部排列出來，伴讀者讀出字詞，請孩子選出相應的字卡。
❷ 請孩子自行選出多張字卡，讀出字詞並口頭造句。

請沿虛線剪出字卡。

迷路	決定	河邊
找	但是	很多
房子	紅色	窗
圓形	繼續	終於

幼兒全語文階梯故事系列
第4級（高階篇）

《迷路了》

©園丁文化

幼兒全語文階梯故事系列
第4級（高階篇）

《迷路了》

©園丁文化

幼兒全語文階梯故事系列
第4級（高階篇）

《迷路了》

©園丁文化

幼兒全語文階梯故事系列
第4級（高階篇）

《迷路了》

©園丁文化

幼兒全語文階梯故事系列
第4級（高階篇）

《迷路了》

©園丁文化

幼兒全語文階梯故事系列
第4級（高階篇）

《迷路了》

©園丁文化

幼兒全語文階梯故事系列
第4級（高階篇）

《迷路了》

©園丁文化

幼兒全語文階梯故事系列
第4級（高階篇）

《迷路了》

©園丁文化

幼兒全語文階梯故事系列
第4級（高階篇）

《迷路了》

©園丁文化

幼兒全語文階梯故事系列
第4級（高階篇）

《迷路了》

©園丁文化

幼兒全語文階梯故事系列
第4級（高階篇）

《迷路了》

©園丁文化

幼兒全語文階梯故事系列
第4級（高階篇）

《迷路了》

©園丁文化